Apática

Marcelo Xavier

1ª edição
Conforme a nova ortografia

Formato

Gerente editorial executivo: Rogério Carlos Gastaldo de Oliveira
Editora: Kandy Saraiva
Assistentes editoriais: Andréa Der Bedrosian, Flávia Zambon, Laura Vecchioli
Preparação de texto: Laura Vecchioli
Auxiliar editorial: Patrícia Pellison
Supervisão de revisão: Fernanda A. Umile
Revisão: Tácia Soares
Produtor editorial: Elcyr Oliveira
Projeto gráfico e diagramação: Rosa Design Gráfico
Produtor gráfico: Rogério Strelciuc
Capa: Marcelo Xavier e Rosa Design Gráfico
Impressão e acabamento: Forma Certa

Dados Internacionais de Catalogação na Publicação (CIP)

X21

1.ed. Xavier, Marcelo

Apática / texto e ilustração por Marcelo Xavier. 1.ed. –

São Paulo: Formato, 2015.

40 p. il.;

ISBN: 978-85-7208-886-2

1. Literatura juvenil. 2. Título.

CDD 028.5

Índica para catálogo sistemático:

1. Literatura juvenil 028.5

2ª tiragem, 2021

SARAIVA Educação Ltda.
Rua Henrique Schaumann, 270 — Pinheiros
05413-010 — São Paulo — SP

SAC | 0800 - 0117875
De 2ª a 6ª, das 8h30 às 19h30
www.editorasaraiva.com.br/contato

077394.001.001

Dedicatória

Estamos juntos, nesse trem de vida, desde a juventude. Um ao lado do outro, vendo o mundo lá fora pela mesma janela. Dedico este livro a ele: meu amigo-irmão Paulo Bernardo.

Apática: pequena cidade perdida no tempo e no espaço. Entre montanhas, depois do longe mais longe, fora do alcance da mão do mundo. O único acesso a ela – uma estrada de terra, estreita e perigosa – mais ainda a isola e contribui para a preservação de suas estranhas características. A época é qualquer uma. Para seus moradores não importam as horas, os dias ou os anos. O tempo escorre como massa pastosa num plano pouco inclinado. Fatos existem – a cidade não está morta –, mas não são vividos. Absoluta é a indiferença das pessoas do lugar.

Ninguém sorri ou chora em Apática. Ruas, calçadas de pedra, mesmo sob o sol, parecem sempre cobertas por uma leve camada de gelo. Da mesma forma, as pessoas possuem esse ar de eterno inverno. As casas, baixas – à exceção de alguns poucos sobrados –, coladas umas às outras, têm as fachadas bem junto à calçada. Nada de jardins ou árvores nas ruas. Destaca-se o hotel, o único da cidade.

Quando aquele forasteiro de cabelos grisalhos, barba e bigode castanhos atravessa a cidade com uma pequena mala de couro, seus passos, regulares como as batidas do coração, são acompanhados com desinteresse pelos comerciantes que cochilam atrás dos balcões. Tem a aparência saudável de um jovem viajante.

Uma formiga, carregando uma folha dez vezes maior que ela, sobe numa das pedras do calçamento, completamente fora da rota de suas companheiras, talvez sendo conduzida até lá pela mão cruel do destino. Nesse exato momento, o sapato do forasteiro desce precisamente sobre ela, como se obedecesse a um desígnio da sorte.

Ao dobrar uma esquina, esse homem se vê frente a um cortejo fúnebre. Rapidamente se encosta a uma parede, dando passagem à procissão. Adiante, segue um menino com uma coroa de flores; logo atrás, outro, levando um grande crucifixo; alguns passos depois, quatro homens carregam o caixão, roxo. Por último, mulheres vestidas de preto – bando de pombas arrulhando orações e súplicas.

Como se previa, o forasteiro não se surpreende pela ausência de lágrimas ou algum sentimento de perda no olhar dos que passam por ele. Cumpre-se um ritual, nada mais.

O homem esfrega as mãos nos braços cruzados, buscando calor. Liberada a rua, ele agarra a alça da companheira de viagem e segue em frente.

Em pouco tempo, está diante do hotel – um sobrado que exibe os detalhes rebuscados de sua fachada imersos em saborosa decadência.

Quando atravessa a porta de entrada, aos primeiros passos na sala de recepção, as tábuas do chão rangem, anunciando – como uma campainha – sua chegada. O porteiro, que dorme debruçado numa mesinha, pula assustado e para com a precisão de um ginasta, em posição de atendimento.

– Pois não? O senhor deseja um quarto, certo? Eu tenho um que está à sua espera. Siga-me, por favor!

Enquanto fala, vai pegando uma das chaves penduradas no quadro de feltro verde desbotado.

Os dois sobem a escada com a madeira do piso cantando sob seus pés; o hóspede admira o precioso torneado do guarda-corpo, o velho lustre bordado de teias de aranha e o azul, entristecido pelo tempo, do barrado na parede.

Seu quarto é o de número 7. Amplo e confortável, não possui decoração especial, apenas o básico de um simples quarto de hotel. Uma pessoa comum nem notaria isso. Mas a aguçada percepção daquele homem se detém em cada uma das peças, em cada detalhe, buscando revelar sua alma.

Observa a cama, as ondulações do colchão de capim e o travesseiro de paina, disforme; quantos sonhos e pesadelos estiveram ali, na cabeceira de ferro, nas manchas, nas dobras do lençol: restos de insônia, pedaços de noites maldormidas, rastros de pensamentos, fantasias noturnas... A cama sempre guarda fragmentos de cada noite. E exibe esse acervo como prova de sua importância. Consequentemente exige que o homem desça de sua arrogante posição vertical e se estenda sobre ela, ensaiando sua mortalidade. Deitado, não é rico, pobre, bom ou mau. Apenas dorme, se iguala.

Ao lado da cama, o criado-mudo de aspecto triste esperando um abajur que nunca veio nem virá. Encostado numa das paredes e com as portas abertas exibindo o interior vazio e o esqueleto de cabides, o guarda-roupa de madeira escura lembra um gordo e carrancudo homem de negócios de terno preto e paletó desabotoado.

Na terceira parede, uma mesa estreita e magricela parecendo um cão faminto de longas pernas, esquecido de qualquer agressividade. Junto dela, uma cadeira-irmã – fiel companheira –, nascida da mesma madeira-mãe e do mesmo pai-marceneiro.

Na quarta e última parede, uma janela, que se torna um quadro luminoso assim que apressadamente o porteiro a abre. A intensa claridade atrai o hóspede como se o abduzisse. Ele ainda segura sua mala. Quando esta se destaca na luz do sol, o porteiro é tomado por uma terrível curiosidade: o que haveria ali dentro? Sim, naquela mala! Nunca havia sentido nada parecido. Nunca se interessou pelo que os hóspedes traziam na bagagem. Mas aquela ali... Dentro haveria algo especial, parecendo lhe pertencer. Apesar de seu corpo se manter frio, como o de todos os moradores de Apática, alguma coisa passa a aquecê-lo internamente.

O homem repentinamente se vira e surpreende o porteiro, que até parece estar dentro da mala, de tão fixamente que a olha, tentando satisfazer sua curiosidade.

– Vou lhe mostrar. Fique tranquilo. O seu desejo de saber o que trago comigo já é bom sinal. Eu diria mesmo que nesta cidade isso é inédito. Aproxime-se.

A voz do hóspede traz o porteiro de volta à realidade. Perplexo e intrigado por ter seu pensamento revelado, tenta se explicar:

– Não, senhor! Quer dizer, desculpe-me, senhor! Isto é, obrigado, mas devo ser discreto com todos. São ordens. Bom descanso!

Caminha decidido em direção à porta, mas vira-se, vencido:

– Se puder me mostrar... juro, nunca me aconteceu. Eu quero ver, eu quero. Não há mais ninguém no hotel. Os donos dormem dia e noite.

Fecha a porta do quarto e corre para perto do objeto de seu desejo.

O hóspede coloca a bagagem sobre a pequena mesa e a abre com calma. Dentro, só há potes de cremes de cores variadas; no ponto central da tampa, um círculo, indicando a cor de cada um. Leva apenas alguns segundos para decidir o que pegar. Sua mão cai certeira, como o bote de uma cobra, sobre o pote amarelo.

– Quero que experimente um pouco disto. É inaceitável que um jovem não o conheça. Longe de Apática, é exatamente isto que move a juventude, que faz brilhar seus olhos.

Enquanto fala, abre o pote, aplicando o creme no rosto do porteiro, que permanece de pé, imóvel, de olhos fechados, deixando que um rastro amarelo se forme em sua pele, como pincéis cobrindo uma tela.

Terminado, o porteiro se afasta esperando o resultado. Silêncio profundo.

Instantaneamente vem a reação. Os músculos da face começam a se mover e a construir um largo sorriso, que ilumina todo o rosto. Puxa o ar, profundamente. Os olhos se abrem, acompanhados de um grito contido. Os braços se estendem para o alto, arrebentando correntes.

Seu olhar, brilhante, devora tudo com o apetite de um animal faminto. O sorriso não o abandona. Corre até a janela sem conseguir controlar o riso farto que jorra como água de um chafariz. A rua, àquela hora da tarde, está deserta. Ninguém vê a alegria visitar, pela primeira vez, a cidade de Apática, na pessoa daquele jovem.

No teto, logo acima da janela, uma minúscula aranha fixa os olhos numa mosca; sem pressentir o perigo, a mosca continua a lamber as próprias patas, aliviando-se do calor da tarde. O brilho de suas asas transparentes aguça o apetite da aranha, que, salivando, imagina o momento de cravar os palpos naquele fruto suculento. Mas, nem sabe como sabe, porém sabe que qualquer precipitação coloca tudo a perder. Usa toda a sua carga de paciência para se controlar e se mover de forma imperceptível em direção ao alvo.

Depois de rodopiar pelo quarto, sempre rindo muito, e voltar à janela algumas vezes, buscando ser visto por alguém, o porteiro sai em disparada e, aos saltos, desce as escadas. Enquanto corre pela rua, com os braços e o sorriso abertos, lentamente o amarelo desaparece de seu rosto.

O hóspede caminha sem pressa até a porta do quarto e a fecha. Ouve as gargalhadas do porteiro, cada vez mais distantes, até se dissolverem no silêncio.

Rápida como um raio a aranha salta sobre a mosca indefesa.

A tarde se arrasta, pesada e quente, muito quente. Finalmente o hóspede do quarto número 7 pode tirar os sapatos, as meias e ver os dedos livres se contorcerem de prazer. Desabotoa a camisa, senta-se na cama e recosta-se na cabeceira. Estica o pescoço e deixa a cabeça pender para trás. Com o nariz apontado para o teto, fecha os olhos, preparando-se para uma das coisas de que mais gosta: esperar os pensamentos chegarem, devagar, avulsos, e saboreá-los. Pensamento é bicho tímido, medroso. Para sair da toca é preciso silêncio e espera. Arisco, coloca a cabeça para fora e, primeiro, investiga o ambiente. Quando ganha confiança, sai carregando a gente para onde quisermos. Voa, anda, corre, mergulha. É forte e poderoso. Não conhece fronteiras, nem limites, nem distâncias impossíveis. Porém, basta um pequeno ruído – alguém nos chamar ou se aproximar – para ele fugir e desaparecer em sua toca, tão rapidamente que não há como detê-lo.

O hóspede encontra-se em outro mundo quando batem à porta. Instantaneamente os pensamentos fogem, devolvendo-o ao quarto do hotel. Levanta-se, ainda descalço, abotoa a camisa e vai atender a porta.

É o porteiro. E traz com ele outro rapaz.

– Dá pra passar um pouco no meu amigo? Queria que ele sentisse o que eu senti. Por favor, senhor!

– Entrem.

O amigo do porteiro entra no quarto, como se entrasse numa nave para uma viagem rumo ao desconhecido. A pele, muito branca, sua. Não consegue fixar o olhar – pula daqui pra lá, irrequieto.

Movendo-se com muita dificuldade entre os pelos do cobertor dobrado sobre a cama, uma pulga magra acaba de acordar. Com fome, pressente a presença de sangue novo. Procura chegar ao melhor ponto para saltar. É a ponta de um dos pelos do cobertor que lhe serve de trampolim. No meio do salto ainda arrisca uma cambalhota. Não foi feliz, cai de mau jeito. Dá alguns passos e, mancando, para pra decidir onde comer. Seis pernas à disposição a deixam desorientada. Não se lembra de tanta opção naquele quarto. As coisas estão melhorando.

Não se ouve nenhum ruído, a não ser o da respiração mais forte do amigo do porteiro. Sua testa clara vai lentamente sendo coberta de creme preto pelos dedos do hóspede. Ao passar em volta dos olhos, imediatamente a expressão começa a mudar – antes rasa e ingênua, aos poucos ganha força e profundidade. Contorna a boca e se afasta para admirar a impressionante máscara que surge no contraste do creme preto em seu rosto branco. O olhar inseguro se transforma. Agora, é desesperado como o de um náufrago. A boca, aberta e trêmula, espera por gritos, que não

vêm. As mãos sobem até o rosto como escudo. Os músculos de todo o corpo se contraem e ele se curva tentando esconder-se em si mesmo. A respiração torna-se ofegante. Dominado pela paranoia, corre até a janela e a fecha com violência. Salta para junto de uma das paredes, gruda-se nela, protegendo as costas. Vira bruscamente a cabeça de um lado para outro, procurando por um suposto inimigo, prestes a atacá-lo. O corpo treme dentro das roupas já encharcadas de suor. Está gelado e tomado pelo maior dos medos: o medo da morte iminente – o medo-mãe. Os outros são filhotes – pequenos, inofensivos.

O medo possui algumas armas: a escuridão, o assovio do vento, o ranger de uma porta, passos na escada, sombras... De posse delas, não tem compaixão. Diverte-se, apreciando o pavor de sua vítima. Lamentável é saber que nós próprios o criamos, que ele nasce de nós como um filho maldito – uma criança a princípio inofensiva que, ao crescer, se torna um monstro cuja única determinação é nos devorar.

Na tentativa desesperada de se proteger, o rapaz se arrasta pelas paredes, deixando nelas um rastro de suor espesso.

O homem, que assiste a toda essa cena de desespero, em certo momento pensa ter exagerado na escolha, afinal, o jovem acaba de sair da infância. Mas logo vem o alívio: a cor já desaparece...

E, finalmente, quando seu rosto volta à palidez natural, o rapaz é a imagem de um guerreiro após violenta batalha. O porteiro se apressa em retirar o amigo dali. Antes de deixar o local, coça a perna fortemente e se despede com um sorriso agradecido.

Logo que os rapazes saem, o silêncio toma de volta o seu espaço. O forasteiro precisa desesperadamente dele. Tira a camisa e deixa-se cair na cama. O silêncio, se desejado, acaricia e é de pluma. Se imposto pela solidão indesejada, forra a cama de espinhos, nos faz sangrar. Esse é o silêncio assassino, impiedoso. Quantas vítimas já fez, e ainda faz, sorrateiramente, como anjo pérfido...

Assim, abraçado ao silêncio bem-vindo, o hóspede adormece. O horizonte, com sua grande boca, já engoliu o sol, que nada mais era do que um pequeno comprimido incandescente.

Encantado com o som de sua motocicleta voadora, um jovem pernilongo vai de uma ponta a outra da rua do hotel. O mundo se resume a ele e sua moto barulhenta. Não por acaso Deus o fez assim, elegante e delicado – pensa, orgulhoso –, diferente da pesada e grosseira mosca. O Criador o queria feliz, nobre, superior. Suas longas patas pousariam de leve sobre os seres vivos para se alimentar do mais divino dos líquidos: o sangue. E não como a nojenta mosca, que devora, sem o menor constrangimento, sua porção diária de excremento, de matéria podre, fétida. Argh!

Aqueles pensamentos inflam o minúsculo ego do jovem motoqueiro, enquanto as janelas passam ao seu lado como vitrines. De repente, uma brusca freada. Alguma coisa chama sua atenção. Dentro de uma das janelas vislumbra as luzes de uma nova lanchonete. São as pequenas gotas de suor do corpo do hóspede, estendido em sua cama, que brilham. Precisa ir até lá. Direciona o bico de sua máquina para a janela e entra acelerado. Dá algumas voltas para chamar a atenção de quem estivesse por ali e desce embicado. Opta pela testa. Adora testas. Principalmente a região entre as sobrancelhas. "Humm! Que requinte! É o que há de melhor!" Enquanto lancha, aprecia os dois jardins de pelos, perfeitamente alinhados, que partem daquele ponto em direção às orelhas. Sentindo-se no paraíso, o jovem pernilongo diz pra si mesmo: "Sou o mais feliz dos seres! Neste momento, posso até morrer!". Ele não sabe que as palavras têm força. O tapa certeiro que o homem aplica na própria testa deixa uma pequena mancha vermelha como um rubi, assinalando o ponto preferido do ex-jovem pernilongo, entre os jardins de sobrancelhas.

A autoagressão desperta o hóspede, que continua deitado com o rosto virado para cima. Em seguida, leva a mão até a altura dos olhos e traz os restos do jovem motoqueiro na ponta de um dos dedos. Um estranho pensamento causa-lhe ligeiro mal-estar. Ali está um parente seu. Sim, claro! Aquele pernilongo, ao ser morto, era sangue do seu sangue. Portanto, nem que fosse um primo distante, algum parentesco entre eles haveria, certamente.

Sendo assim, tinha que dar ao primo um enterro digno, pelo menos. Levanta-se, desce as escadas e, sempre com a mão onde jaz o parente defunto para o alto, vai até a rua. Ninguém assiste ao minifuneral. Ninguém está fora de casa àquela hora. Nem mesmo o porteiro. Apenas a noite, que já desfila lentamente seu vestido de mil panos pretos bordados de prata – em sua passagem, deixa um suave perfume no ar.

O homem agacha-se na rua, em frente ao hotel, e com o indicador fura a terra entre duas pedras do calçamento. No buraco deposita seu morto minúsculo, que mais parece um feixe de microgravetos ajuntados sem nenhuma ordem. Cobre aquilo com uma pitada de terra e volta ao quarto.

O ambiente está iluminado pela luz amarela da lâmpada nua, pendurada por um fio no meio do quarto, como uma pequena estrela particular.

Já faz tempo que o gênio de um homem encontrou a luz elétrica entre seus objetos de pesquisa e o mundo se encantou com ela. Porém, todo esse tempo de convivência fez dela apenas mais um artefato servil, um objeto comum, uma presença natural sem grande importância. O hábito e o cotidiano têm o poder de banalizar as coisas ou as ações mais notáveis. E isso se estende a lugares e pessoas à nossa volta.

O hóspede se prepara para dormir quando batem à porta com insistência. Novamente se veste e, sem se calçar, vai atender. Lá está o amigo do porteiro e uma mulher mais velha.

– Desculpe a hora, senhor! Mas eu precisava trazer minha mãe...

– Entendo. Entrem!

A mulher entra na frente, e o filho, logo depois. O homem pede que ela se deite na cama e vai até os potes. Vacila um pouco na escolha. Por fim, opta pelo branco.

A mulher espera, acompanhando com os olhos os movimentos daquele estranho. De vez em quando dialoga com o olhar do filho, buscando alguma explicação. Nada. Ele não sabe definir o que sentiu. Aliás, ele, como todos em Apática, não sabe o que é sentir, ser perpassado por uma emoção. Hoje, pela primeira vez, aconteceu. Com ele. Sentiu a vida, percebeu que ela se esconde sob a pele – embalagem que a protege. A vida, o bem mais precioso, a essência do mistério que nos instiga, mantém-se pulsando, no oco do corpo, no miolo.

Um turbilhão de ideias toma a cabeça do jovem, inaugura um estado novo dentro de si, desde o início daquela intervenção, ali mesmo, naquele lugar.

Ele não consegue localizar onde exatamente a vida recém-descoberta fica: se atrás dos olhos ou no pescoço, por haver sentido como se alguém o estrangulasse; no estômago, pelo enjoo que o acometeu; nas pernas, que bambearam. Seria nos pulmões? Sua respiração ficara curta e aflita. Ou estaria no peito, que mantém o coração saltando como um bicho aprisionado numa jaula pequena? Não, ele não conseguiria definir. Apenas quer se aproveitar da nova e estranha sensação – sentir. É como se tivesse nascido naquele dia, ali, naquele quarto de hotel, naquela tarde. Ou, concluído seu nascimento. Por isso, nesse momento deseja que sua mãe experimente também aquela mesma sensação.

O homem senta-se na beirada da cama e pede que a mulher feche os olhos. Sua mão passa a correr os relevos de seu rosto de forma tão leve e macia quanto um facho de luz. Com a mesma rapidez com que relaxaram, os músculos da face passam a se contorcer sob a pele coberta de branco, buscando a forma e o desenho de um rosto triste. Os olhos se enchem de

lágrimas e os cantos da boca despencam dramaticamente. No lugar do rosto há agora uma máscara do desespero.

Ainda deitada, a mulher se contorce, presa, com o peso do próprio corpo impedindo-a de se levantar. São movimentos lentos que exprimem grande esforço. Suas mãos apertam o travesseiro ou a própria roupa. Chora um choro antigo, triste, com a força da erupção de um vulcão até ali adormecido. A tristeza dói de uma forma específica. Uma dor sem localização. Sem remédio. Descolore tudo, tira o brilho, o sabor. Transforma tudo e todos em um monte de cacos inúteis. Tece rapidamente um casulo em torno da vítima, imobilizando-a, isolando-a do resto do mundo. Nada existe para além daquele casulo. Absolutamente nada. Só o tempo é capaz de romper suas paredes e libertá-la.

Atrás de um dos pés da cama, duas antenas muito finas se movem para todos os lados: uma barata tenta visualizar seu roteiro na tela de um pequeno computador portátil. Assim que a imagem se instala, traçando o caminho para atravessar o quarto, parte em disparada. Ninguém a vê. Respira aliviada e desliga o aparelho.

Por várias vezes o homem se vê obrigado a segurar o rapaz, que insiste em socorrer a mãe, fechada em si mesma sobre a cama. Acalma-o quando diz: "Vai passar, vai passar. Olhe só: na testa, o branco já desaparece. Daqui a pouco sua mãe estará de volta. Nunca a mesma, claro! Os sentimentos nos transformam ao passarem por nós, são o alimento daquilo que chamamos de espírito. É a vida que se desenvolve além do corpo físico. Esse corpo físico que extraordinariamente traz dentro de si algo infinitamente maior que ele mesmo: o espírito".

Essa é a outra vida descartada pelos habitantes de Apática. Limitam-se a alimentar e sustentar o corpo físico e a carregá-lo no tempo determinado pelo destino, como um fardo inútil.

Depois que tudo passa, lá está aquela mulher se sentindo exatamente dessa maneira: uma massa bruta que respira, se alimenta e se move sem sentido algum. Com os olhos fixos no teto, ainda guardando restos de lágrimas – como aquelas pequenas poças que resistem no chão depois da chuva –, permanece deitada; não quer mais se levantar. Foi necessário insistir para que voltasse à realidade. Ela e o filho precisam deixar o quarto o quanto antes. Afinal, o hóspede havia sido bastante generoso em recebê-los àquela hora.

Os dois saem apoiados um no outro, mas agora sentindo-se unidos como nunca. Vivenciam uma mesma fantástica experiência.

O homem mal espera que a porta se feche para cair na cama novamente. Como uma grande árvore, há algum tempo sendo golpeada por um machado cuja lâmina rompe seu último músculo de resistência, o forasteiro tomba.

Se durante o dia Apática se move lenta como um caracol, à noite até mesmo esse movimento desaparece. Não fosse o ressonar das pessoas dormindo ou um ronco mais forte daqui e dali, dir-se-ia que a cidade morrera.

Por outro lado, quando escurece, o movimento é intenso no seu entorno – no mato, nos brejos, com a profusão dos sons de sapos, grilos e aves noturnas.

Saído de lá, um curioso vaga-lume resolve lançar-se cidade adentro, sozinho, sem amigos, sem pai nem mãe. Seu primeiro voo solo. Só com sua inseparável lanterna.

Em sua passagem, a luz esverdeada vai pincelando a fachada das casas, que dormem encostadas umas nas outras dos dois lados da rua.

Num certo momento, resolve entrar pela janela aberta de um sobrado. Justamente a janela do quarto onde dorme o único hóspede da cidade naquela noite. Lá dentro, a fantástica luz estende sobre o ambiente um filó verde fosforescente. A barata vira-se contra a parede, protegendo os olhos; a pulga afunda a cabeça nas felpas do cobertor dobrado sobre a cadeira.

O invasor indiscreto faz um voo rasante sobre os objetos e móveis do quarto e pousa no alto de um morro com duas enormes grutas em uma das encostas. Quando os trens de pouso tocam o nariz do homem, um brusco estremecimento sacode o jovem aventureiro e sua lanterna. Mas ele se mantém firme até tudo se acalmar.

Em sua primeira visita à cidade se encanta com tudo o que vê: a luz neon nas pálpebras fechadas, as sombras alongadas dos cílios e sobrancelhas, o relevo das maçãs do rosto esverdeado, a boca entreaberta – caverna misteriosa no meio do bosque da barba e do bigode.

Embriagado pelas visões, o vaga-lume adormece. Pouco depois de mergulhar no sono, suas patas fraquejam e ele rola nariz abaixo. Se não se agarrasse a um fio do bigode, certamente teria descido às cambalhotas até o travesseiro. Na queda, sua lanterna se quebra. O movimento faz cócegas no nariz do homem, que espirra, atirando longe o vaga-lume. Ainda no ar, o pequeno inseto liga os motores e orienta-se pela luz da lua para sair do quarto. Humilhado, com sua lanterna quebrada, tem que voar para casa como um mosquito qualquer, num voo cego e apagado.

Quando o sol projeta as primeiras sombras sobre a cidade, batidas na porta fazem o hóspede se levantar, cambaleando, para abri-la. Lá fora, outro homem trazendo o mesmo olhar suplicante das outras visitas. Limpa a garganta e, com a voz meio rouca, apresenta-se:

– Desculpe-me vir tão cedo, mas passei toda a noite acordado, esperando o sol nascer para vir até aqui. Não pude dormir depois de minha mulher me contar do seu poder, da sua magia. Eu quero experimentar, eu preciso. Por favor, me atenda!

– Entre! – convida o hóspede.

O homem entra no quarto com a disposição de um jovem aventureiro pronto a enfrentar qualquer desafio.

Acostumado a se levantar bem mais tarde para abrir a pequena padaria, onde vende pão dormido, estar àquela hora no quarto de um estranho é, por si só, fato completamente novo em sua rotina. Algo já havia acontecido pra que ele tomasse tal atitude.

O hóspede fecha a porta. Pede que o homem fique à vontade e vai lavar o rosto. A pia, num canto do quarto, faz-se acompanhar por uma velha torneira gripada e um resto de sabonete já sem perfume e sem cor. Acima dela, um espelho quadrado. Uma mancha escura obriga quem o usa a se desviar. Uma toalha de rosto, sugerindo um dia ter sido amarela e macia, completa os acessórios do quarto, definido pelo hotel como sendo "de luxo". Detalhe: os quartos comuns – todos os outros – têm apenas um armário pequeno, uma cama e um penico debaixo dela.

Curva-se sobre a pia para se lavar. A água fria no rosto estabelece uma linha divisória entre a noite que passou e o dia que começa. Um batismo de renascimento. Passando as mãos no próprio rosto, vêm-lhe as pessoas que já haviam sido tocadas por ele e quantas mais ainda o seriam, ali, em Apática. Lá está, agora, aquele homem esperando sua vez. Pelo espelho o forasteiro o vê aguardando, sentado na cama, com um olhar de animal capturado e deixado fora de seu hábitat. Mantém as mãos no meio das pernas juntas, e os ombros fechados o quanto é possível.

O hóspede enxuga o rosto, pendura a toalha e se vira. Cada um desses pequenos gestos parece, ao perplexo padeiro, algo fantástico. Nunca havia

parado para observar alguém, um minuto que fosse. Nem a sua mulher, em anos de convivência, nem o seu filho. Que densa neblina teria encoberto seus sentidos até então, impedindo-o de sentir a vida à volta e dentro de si?

Vendo o hóspede aproximar-se com o pote de creme na mão, outra vez sente que alguma coisa se mexe dentro dele – como o despertar de um bicho que dorme. O ritmo de sua respiração se altera.

Chegando bem próximo ao visitante, o hóspede lhe pede que se levante.

Com a luz tênue do dia recém-nascido iluminando o quarto, o padeiro pode perceber a cor roxa guardada no pote, já aberto. O primeiro toque no seu rosto lhe provoca um tremor, que o faz segurar a mão do hóspede e pedir que ele espere um pouco.

– Calma, fique tranquilo. Tudo está dentro de você, adormecido. Isto vai apenas acordá-lo. Nada há de estranho. Tudo lhe pertence. Sua pele, seus olhos, sua boca... tudo dorme. Apenas se esqueceu deles. Todos vocês, aqui, em Apática, dormem um sono frio e sem sonhos, durante dias e noites seguidos. E isso não é viver.

Primeiramente o roxo cobre a testa e as sobrancelhas se contorcem como duas lagartas. Depois, o nariz, com uma sequência de suspiros... Quando colore o entorno da boca, esta se abre lentamente, provocando um parto de palavras, que teriam permanecido uma vida inteira em gestação. Aquele jorro parece não ter fim. Vêm aos montes, atropelando-se, desconexas. São palavras apaixonadas, frases, poemas, sussurros, gritos, gemidos. A paixão precisa desesperadamente das palavras. O olhar, as mãos, o corpo não bastam. A palavra faz com a paixão o que o sol faz com o dia – ilumina, aquece, alimenta. Mas, também, queima, fere e pode matar.

Em um dos cantos do quarto um enorme besouro se debate de costas no chão. Suas oito patas se agitam em todas as direções, buscando desesperadamente um ponto para se apoiar e se virar. Em posição normal, com as patas no chão, ele se orgulha de sua dura carcaça blindada. Mas, assim, de pernas pra cima, mais parece um frágil bebê obrigado a ficar na posição que o colocam. Sente-se ridículo e humilhado. Seus movimentos lhe fazem apenas rodopiar sobre o próprio casco.

Para por puro instinto de sobrevivência ao ver os dois homens se movimentando no quarto. Tudo está de cabeça pra baixo: móveis, pessoas, o teto no lugar do chão e o chão no lugar do teto.

O padeiro apaixonado, já com a máscara roxa concluída, tira do bolso um bloco de anotações, senta-se à mesa e é atingido por uma avalanche de versos e textos curtos. As páginas escritas são arrancadas e atiradas ao ar, forrando o chão. Logo a expressão de seu rosto transmite sensação de alívio, grande alívio.

O ritmo da escrita vai diminuindo gradativamente até parar, deixando uma frase inacabada como ponta de linha de um novelo, solta, sem amarração. A cor havia desaparecido.

O hóspede recosta-se na cabeceira da cama. O silêncio do quarto, o som da caneta riscando o papel – que lembra alguém pisando em folhas secas – somados à música monótona cantada pela torneira da pia o adormecem. O visitante não quer acordá-lo e sai sem se despedir. Seus olhos são dois potes tão cheios que ao menor tropeço lhe entornam rosto abaixo.

A torneira continua cantando. O hóspede mergulha fundo em seu sono inesperado.

Apática acorda tarde. As primeiras dobradiças de portas e janelas rangem para se abrir às nove horas.

Se numa cidade o movimento das pessoas é o sangue que corre em suas veias, em Apática esse sangue se arrasta como uma calda espessa se derramando sobre um bolo. Entretanto, os que tiveram os rostos pintados passam a se incomodar com esse estado letárgico e a sentir um grande vazio. Todos devem se pintar para que a realidade dali se transforme.

Como se despertasse de um pesadelo, o forasteiro pula da cama. Dormir tanto assim durante o dia é assustador para quem, mesmo à noite, dorme tão pouco. Foram seis horas ininterruptas. Aquele havia sido verdadeiramente um sono profundo em que se chega até onde mora o nada. Dormir é mergulhar. O sono é o mar. Lentamente, atravessamos as camadas daquele território silencioso. As primeiras, próximas da superfície, são claras, iluminadas. É a região dos sonos leves, delicados. As mais profundas, escuras e pesadas são o território dos pesadelos. Quanto mais avançamos, mais ameaçadores eles se tornam. No extremo, porém, tudo se acalma, é o lugar do nada. Ali não existem sonhos, não há luz, não há som. É uma experimentação da morte. Só respiramos. É o repouso absoluto – o espírito que dorme, descansa. É onde deveríamos chegar sempre durante o sono. Mas a ansiedade e a tensão nos impedem. Não conseguimos passar das primeiras camadas do sono, nos afastar da superfície. Não há o repouso necessário. Apenas o corpo adormece. O espírito continua em estado de vigília e voltará ainda mais cansado.

O hóspede se veste e sai para almoçar.

Minutos depois entra no quarto a camareira. Vem armada de vassoura, balde, espanador e panos. Há quanto tempo não arruma um quarto no hotel... Nem tem certeza da sequência das tarefas: abrir a janela, lavar a pia, arrumar a cama, varrer o chão, espanar os móveis. É isso.

No chão do quarto, o sol estende um tapete luminoso que se move com a mesma lentidão com que ele passeia pelo céu da cidade.

Alguns movimentos são discretos, sutilíssimos. Gostam de acontecer escondidos de nós. Disfarçados de imóveis, produzem mudanças fabulosas que não percebemos. Assim, o sol atravessa um longo dia; as flores nascem, desabrocham e secam; as sementes germinam e se tornam árvores gigantescas; crianças crescem, se fazem adultas... Não vemos nada disso. Nossa percepção é pobre para tal façanha. Tudo, o tempo todo, está se movendo à nossa volta e em nós. Das células do nosso corpo aos corpos celestes no universo e não somos capazes de ver absolutamente nada disso. Esse espetáculo nos é negado, inapelavelmente.

A moça caminha em direção à pia. Calça chinelos de tiras finas de couro com a sola tão gasta que pode sentir as irregularidades das tábuas.

De repente, alguma coisa chama sua atenção: a maleta com os potes de cremes coloridos, aberta sobre a pequena mesa.

Aproxima-se, lentamente, soltando as coisas que segura. Sente uma vontade irresistível de pegar um deles. Pela primeira vez, é tomada por uma estranha sensação. Algo que a domina e a impele a levar a mão à maleta e pegar um dos potes. E ela o faz. O vermelho a atrai. A mais vibrante das cores se apresenta como coisa viva, pulsante e suculenta. Instintivamente, afunda os dedos brancos no creme vermelho, como dentes num caqui maduro. Vai até o espelho e pinta os lábios, que passam a se contorcer, como uma borboleta de asas vermelhas, prestes a voar. Aproxima-se do espelho e o beija com sensualidade. Sorri da marca impressa ali. Pinta as maçãs do rosto e as pálpebras. Para os movimentos, mira-se fixamente, encontrando uma posição em que a mancha não atrapalhe. Seu olhar torna-se quente como fogo. Por mais que mova a cabeça, os olhos reais não conseguem se desgrudar dos olhos incendiados da imagem refletida. Precisou de um movimento brusco para livrar-se do espelho hipnótico. Vira-se para o quarto e passeia um olhar malicioso sobre móveis e objetos. É como se tudo ali estivesse nu, exibindo uma sensualidade que antes não havia. A cadeira, a pia, o casaco do hóspede sobre a cama, tudo em condenação de espera.

As coisas feitas pelo homem, para seu uso, se tornam extensão de seu corpo, de suas ações. Uma maçaneta carrega permanentemente os fantasmas das mãos que a tocam. Uma xícara, dos lábios que a beijaram. Uma cama, lembranças dos corpos que ali dormiram, que ali se amaram.

Pessoas e objetos vivem em total interdependência. Mesmo os de arte precisam de olhos que os vejam, de ouvidos que os escutem, de sentidos que os sintam. Do contrário, perdem a razão de ser, não sobrevivem. O piano sem o pianista não passa de uma geringonça amontoada de madeiras, cordas e metais. O pianista sem o piano... uma pessoa qualquer.

As mãos da camareira tocam em tudo como as mãos atentas de um cego. Enquanto caminha, vai se despindo com a naturalidade de uma índia.

Ao atravessar o feixe de luz que entra pela janela, sua pele claríssima ilumina-se como um abajur de seda branca. Alcança a cama e escorre nela feito uma cobra. Aninhando-se, puxa para si o casaco do hóspede, deixando-se abraçar e ser acariciada por ele como se ali estivesse o corpo de seu dono. Contorcendo-se, segue o caminho iluminado pelo fogo de sua pele na direção do prazer, um caminho desconhecido e tentador que ela percorre desvairadamente.

Algum tempo depois, o vermelho vai desaparecendo de seu rosto. A pele aos poucos esfriando, enquanto os movimentos congelam. Já sem nenhum vestígio da cor, a moça salta da cama, tentando se cobrir com o casaco do hóspede. Envergonhada, como se alguém a vigiasse, cata suas roupas espalhadas pelo chão e veste-se rapidamente. Sempre atenta à porta, o olhar apavorado. Sabe que o hóspede pode abri-la a qualquer momento. Assim que amarra o lenço azul na cabeça – a última das peças – o homem surge. Nervosamente, ela recolhe suas coisas e caminha com passos apressados até a porta. O hóspede afasta-se, dando-lhe passagem. Com grande esforço, a camareira produz duas palavras trêmulas: "Termino depois".

O homem vai até a maleta e, percebendo o pote vermelho aberto, sorri. Corre o olhar pelo quarto, pela cama, olha o casaco caído no chão, o beijo esquecido no espelho, refazendo o trajeto da moça. Um estremecimento súbito sacode seu corpo e o empurra para a cama. Deita-se, deliciando-se com as evoluções de sua imaginação, que sai pela janela e ganha o espaço aberto. Ele bem sabe que a imaginação é pássaro que tem dono. E é esse dono quem estabelece os limites de seus voos. Alguns o mantêm trancado numa gaiola, com medo de que, ao sair, não volte mais. Outros se fecham em casa ou no quarto e só permitem escapadas ali mesmo, resguardadas por paredes e tetos.

O hóspede é dos que deixam a imaginação solta. Ele sabe também que, para manter o voo, é preciso o dono estar desperto, consciente. Dormiu, findou. O sono solta outro pássaro, maior e mais ágil que o da imaginação: o do sonho – águia independente e poderosa. Ave noturna, sem dono, que caça a tudo indiscriminadamente.

Então, ele fecha os olhos, criando uma noite particular dentro da tarde quente de Apática. A águia, pousada, se mexe. Seus olhos famintos miram o indefeso pássaro da imaginação voando ali perto. Logo suas magníficas asas se abrem, movimentando-se para mais um ataque.

Depois de escalar toda a parede pelo lado de fora, o peitoril da janela é como um prêmio para a centopeia. Cem pernas cansadas é coisa que humano algum consegue imaginar. Já com as primeiras cinquenta

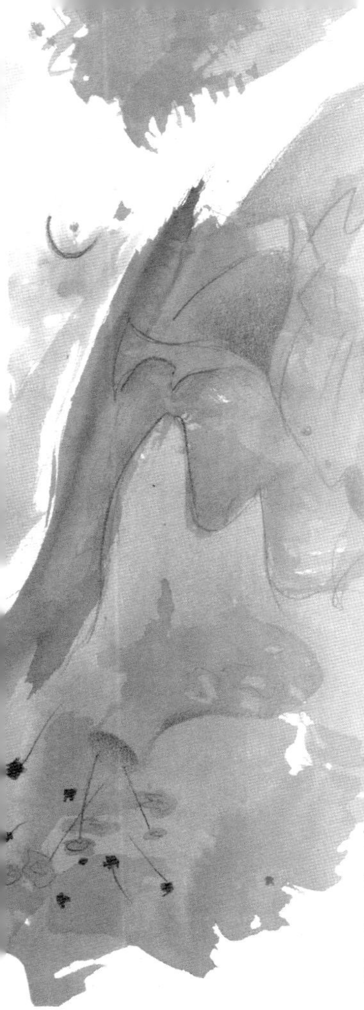

no plano horizontal, exausta, ela faz uma pausa para descansar, ficando o resto do corpo ainda na vertical, desenhando um ângulo reto perfeito. Um pouco mais de esforço e lá está ela, cem por cento no peitoril da janela. Afinal, tinha subido até aquele palco pra isso: fazer um espetáculo. A janela azul no segundo andar, com a cena iluminada pelo sol – o maior de todos os iluminadores –, é a realização de um sonho em sua carreira de bailarina. Dessa forma, emocionada, entra em cena. Atravessa o palco de fora a fora, na ponta de seus cem pés. Suas velhas sapatilhas de cores variadas resistem, apesar do longo tempo de uso. Depois, com movimentos sinuosos e mais lentos, ela vai até o centro do palco e passa a realizar fantásticas evoluções: um arco, um círculo, uma espiral, uma onda... Uma sequência de "pliés", aberturas e saltos impressionantes para um corpo tão extravagante.

O som recorrente de batidas na porta fuzila a águia do sonho em pleno ar. Com certa irritação, o hóspede vai atender. Afinal, está ali em missão. Não pode se dar ao luxo de ser intolerante em momento algum. A noite já havia se instalado e é preciso acender a luz. Lá fora está um homem de aproximados sessenta anos, de terno preto – bastante desbotado e parecendo nunca ter sido passado. Nas mãos, bengala e chapéu. Logo atrás dele, como uma sombra, um moço de fisionomia inexpressiva, com os sentidos de prontidão para mover-se ou agir.

– Boa noite, senhor! A hora não é adequada para visitas, mas é que eu, como homem público, não posso me expor a qualquer hora, em qualquer lugar. Sou o prefeito da cidade. Fui informado de que o senhor possui um certo tipo de... uma fórmula mágica para...

– Entrem! – O hóspede logo os convida para adiantar os procedimentos.

O homem agradece e entra seguido de seu ajudante. O moço se posiciona para receber a bengala e o chapéu das mãos do chefe.

O prefeito, com passos vacilantes, senta-se na cadeira oferecida pelo hóspede. O ajudante fecha a porta do quarto e permanece ali, imóvel como um cabideiro.

A lâmpada acesa oscila levemente com o vento vindo da janela. As sombras se movem de um lado para outro, fazendo o quarto parecer um barco navegando na noite.

Enquanto aguarda, o prefeito perde a pose de autoridade. A expectativa o transforma numa criança, no banco da roda-gigante, esperando, ansiosa, o primeiro giro do brinquedo. Nessa condição, sente o terno ridículo, pesado e sufocante. Imediatamente afrouxa a gravata e desabotoa o paletó e o colarinho.

O gordo besouro, ainda deitado de costas no chão, se debate, tentando inutilmente se virar. Pobre coitado! Apenas rodopia, duro como casca de noz, na tábua do piso.

O ajudante olha aquele besouro aflito e sente, pela primeira vez, o esboço de um sorriso querendo se manifestar. Sem saber, o germe da vingança já se move dentro dele, ameaçando brotar. Vê naquele inseto desesperado a figura miniaturizada do prefeito esperneando, com seu terno preto e sua enorme barriga.

O hóspede caminha para junto do prefeito com o pote de creme azul.

– Vai doer? – pergunta o homem com voz de menino medroso.

– Pode ser que sim. – responde o hóspede, já com os dedos carregados de creme. Começa a pintura de cima para baixo. Uma cortina azul desce suavemente sobre aquele rosto de mármore.

Quando recebe o sinal de que está pronto, o prefeito já não suporta mais ficar sentado. Levanta-se arrancando as roupas como se saísse de um casulo. Completamente nu, suspira profundamente, na ânsia de tomar posse de todo o ar à sua volta. Daí, como um louco, passa a sorrir aos objetos do quarto, acariciando cada um deles com ternura. Beija o rosto do hóspede, do ajudante. Chega à janela. Ao enquadrar-se na moldura, a lua derrama sobre seu corpo, cheio de excessos, um jorro da luz prateada. Com as palmas das mãos voltadas para o céu, aquele homem entrega seu corpo alvo ao deus do amor. Naquela janela – seu altar de oferenda – vai sentindo atravessar-lhe as carnes virgens, uma a uma, a lâmina do punhal de cada amante que não teve. Acolhe o aço frio com o mais puro êxtase... e sente uma dor profunda pelo acúmulo das ausências e dos vazios.

Assistindo àquela possessão emocional, o hóspede pensa no amor.

"O amor não obedece a nada nem a ninguém. Chega sem aviso, entra sem pedir licença. Quando vem, quer hospedagem e ordens cumpridas. Serão dias de sabor inexplicável. A vida em tudo pulsando, mesmo nas pedras. O mundo cabendo nos olhos. O sol, a lua vindo comer na sua mão. Mas, assim como chega, se vai. Sem dizer quando nem como. O que dói é o vazio em seu lugar. E o grito, nascido dessa dor, espanta o sol e a lua. Com eles, vão-se a forma e a cor das coisas. As pedras voltam a ser duras e frias, o mundo foge do aconchego, da proximidade e cresce assustadoramente..."

A cor desaparece do rosto do homem, de cima para baixo, agora, como uma cortina que cai. Vira-se de volta para o quarto com os olhos arregalados, como se tivessem visitado um estado alucinante de prazer. Naquele momento, toma consciência de que está nu. Tenta cobrir-se com as mãos enquanto grita ao ajudante que pegue suas roupas espalhadas pelo chão. Com a presteza de sempre, ele o atende. Depois de ajudar o prefeito a se vestir e passar-lhe o chapéu e a bengala, o hóspede se aproxima dele:

– E você?

– Posso? – gagueja o rapaz.

– Todos podem tudo. Chegue até aqui.

Levando o ajudante aonde está a mala, tira com segurança o pote de creme verde.

O quarto mantém o movimento ondulante de barco no mar, com sombras dançando em torno dos três personagens, dos móveis e objetos, revelando a cada um sua importância cênica.

O rapaz estremece ao sentir os dedos do hóspede deslizando em seu rosto. Estão frente a frente. O pintor traça um círculo verde, criando uma máscara estática, como se esculpida em chocolate. Depois de se afastar para observar o resultado, retorna à pintura, partindo do nariz, em movimentos sempre circulares. O trabalho ocorre sob a lâmpada oscilante, bem no centro do cômodo.

O movimento incomum no quarto, que não recebe ninguém há muito tempo, incomoda a paz da casa de um marimbondo, cravada em um dos cantos superiores da janela. Agressivo, nervoso por natureza, põe a cabeça para fora da porta se indagando sobre o que acontecia. Vê o prefeito movendo-se por ali e o toma como o agressor que ameaça a tranquilidade do lugar. Sai e posiciona-se para o ataque, em cima da casa. Veste roupas de couro preto, calça botas e luvas pretas e usa capacete preto. Na mão direita brilha uma lâmina. Antes de alçar voo, executa alguns exercícios de artes marciais, retira do bolso do casaco um pequeno vidro de veneno e nele mergulha a ponta do punhal. Sua figura negra e esguia empina-se como guerreiro pronto para o combate.

Os músculos do rosto do ajudante atingem o ponto máximo de tensão e contração. Transformam a fisionomia tímida e assustada numa máscara verde do mais puro ódio e revolta. A respiração ofegante atira jatos de ar quente pelo quarto, lembrando as narinas bufantes de um touro enfurecido. Os olhos são dois vitrais vermelhos estilhaçados. A boca espuma. Os punhos e os dentes, cerrados, trincam. Os músculos de todo o corpo acordam para a ação. Em dezoito anos, nunca haviam se manifestado como força em favor do seu dono; sempre foram cordas bambas de um objeto sendo arremessado de um lado para o outro, sem descanso. Agora era diferente. Tensos e estirados, aumentam brutalmente de volume. Uma energia milenar desperta cada fibra, transformando-os em barras de aço.

Na fúria, agarra o copo sobre a mesa e o espatifa contra a parede. Dali pra frente, dá-se impressionante sequência de atos de violência e sons agressivos – móveis tombando, madeira se partindo, vidros estilhaçados e urros monstruosos.

Encolhido junto à janela, o prefeito é a encarnação do medo, assistindo ao seu tímido cordeiro transmutar-se em fera sem controle. Não tem tempo de se proteger. O rapaz salta sobre ele como um animal selvagem.

As mãos do ajudante caem com precisão no pescoço de cera do prefeito. Aquele homem, sempre seguro, do alto de sua autoridade, torna-se uma gazela, tombando entregue à morte, sem qualquer possibilidade de reação. A força do impacto não é a de um homem apenas, mas de muitos. Talvez de todos aqueles a quem sua autoridade negara ajuda ou cujas queixas não quisera escutar. Todos aqueles apáticos, que nunca reagiram aos maus tratos e ao desprezo do poder, são representados naquele salto.

O hóspede pula sobre o ajudante para evitar uma tragédia. Com grande esforço o detém – muito em razão do verde de seu rosto já estar desaparecendo.

Em seguida, levanta a cadeira que foi derrubada, e a coloca junto do rapaz, forçando-o a se sentar. Exausto, com o corpo coberto de suor, ele desmorona.

Estimulado pela ação daquela cena, o marimbondo parte para o ataque. O alvo é a nuca branca e gorda do prefeito, que ainda se escora na janela buscando ar, depois de perceber a vida por um fio. A minúscula punhalada queima como fogo e sacode o ainda trêmulo corpo do homem. Após tão rápido ataque, o guerreiro volta a casa, entra e bate a porta.

Novamente só, com a noite cedendo espaço à madrugada, o hóspede anda pelo quarto, observando o cenário de destruição. Aproxima-se da mala, mira os potes de creme. Revive as reações de cada visitante. Sorri satisfeito. Apática está recuperada. Havia sido inoculada da matéria vital dos sentimentos. As porções sutis de emoções experimentadas pelos que passaram por seu quarto seriam o suficiente para contaminar a população e acordar a alma adormecida da cidade. Missão cumprida. Hora de partir. Apaga a luz, caminha até a cama. Pousa sobre ela como pássaro cansado. Fecha os olhos e se vai.

Quando o sol se acende lá fora, a janela se transforma numa fonte de luz. Tudo nela brilha, das vidraças às estruturas de madeira. Uma borboleta branca, exausta pela busca sem sucesso de algum jardim ou ao menos uma flor, força o pouso no parapeito da janela, como se fosse ali um aeroporto abandonado. Abre e fecha as asas – dois enormes leques brancos. Descansada, aventura-se num voo adentro. Assustada com o ambiente tão inóspito, teme alguma agressão daqueles seres estranhos – os móveis, a pia, o espelho e a mala com os potes de creme. Todos aqueles monstros gigantescos a ameaçam. Nada lembra seu mundo de florestas e jardins, voos a céu

aberto sob o sol, pousos em macios tapetes coloridos – pétalas de flores. A extrema delicadeza de seu corpo e a leveza de seus leques definitivamente não sobrevivem nesse ambiente: fechado, grosseiro e sem cor.

Os passos de uma lentidão absurda que o dia usa para atravessar a cidade se refletem no imperceptível arrastar do costumeiro quadrado luminoso que a janela projeta no interior do quarto. E assim vai, até que o entardecer faz sangrar todo o ambiente. Logo, a noite cicatriza tudo.

Às quatro da manhã, as águas furiosas de uma enchente humana chegam até o hotel e, sem controle, sobem as escadas, batendo com violência na porta do quarto número 7. A força estúpida da pequena multidão põe a porta abaixo. Entram se espremendo com determinação, partem pra cima da mala, que se recorta na luz da noite estrelada. Como animais famintos, avançam sobre os potes e se lambuzam o quanto podem. O ambiente é tomado pelo grotesco espetáculo de pessoas se abraçando, se beijando, lutando, chorando, sorrindo, enchendo o ar de gritos, sussurros, gargalhadas, gemidos e cantos. As tábuas do chão rangem acompanhando o concerto alucinado.

Ocupados em desfrutar a descoberta das emoções, não se ligam à cama vazia do hóspede. A manhã nasce. O vermelho aquarelado de seu parto tinge o quarto. As pessoas em transe se vão, levando consigo os potes já vazios.

O sol pula a janela e entra no quarto número 7. A luz é macia, e ele, gentilmente, fica ali, em silêncio, respeitando o sono dos móveis, dos objetos caídos, quebrados, exaustos.

Izabela Xavier

Nascer significa apenas o início de uma viagem em que você, ao mesmo tempo, é passageiro e bagagem. No corpo vai o passageiro; na alma, a bagagem. Durante o longo percurso, perdemos preciosas companhias, ganhamos outras. Gestos, olhares e relações ficam – memórias de emoções e sentimentos que vão se acumulando.

Faz tempo, deixei minha estação de partida: Ipanema, Minas Gerais, em 1949. Depois desse primeiro trecho, a parada foi em Vitória, que durou toda a infância. Nos anos de 1960, o adolescente desembarcou em Belo Horizonte. Por ali cresceu, tornou-se andarilho da diversidade – sempre em direção à arte. De tudo fez caminho: livros, cores, traços, objetos, personagens, figurinos, cenários, carnaval, poesia.

2015. Acabo de cumprir um longo voo de criação e retornar à base. Na bagagem trouxe *Apática*: texto e imagens de uma nova história.

Apática surgiu da incômoda sensação de que um grande número de passageiros viaja sem bagagem. Por negligência ou simples desatenção, parecem tê-la esquecido em alguma parada.

Marcelo Xavier